我竟然
把我自己的肚子
搞大了

朱佩慧 ——著

陳志成

　　癌症！聞癌色變！曾記得個人自軍中退伍後，2007 年第一次接觸陪伴癌友時心中有好多的觸動感受，到底自己依著怎樣的內在心思，或是生命對我的引導來此究竟要我做什麼呢？「助人的事業」竟是如此莫名的悄然進入到自己與未來可能性裡，這樣簡單的念頭更是從台灣延伸至新加坡國度開花又結果。

　　佩慧已罹患「腹膜後脂肪肉瘤」長達八年之久了，到底她的心裡怎麼了，沒有結婚與家庭，自己卻把肚子搞大，這麼多年來除了一直陷入這樣無比的恐懼、害怕、擔心困擾之外，死亡更是不斷在午夜夢迴之際呼嘯而來。

　　此詩集從萬般思緒到開始著筆，即是藉由這樣的緣分而來。緣分是一種心電感應，那是一種很深「求生」的內心渴望，佩慧是位永不妥協逆境的人，愈是掉落於苦與痛之間，她就愈挫愈勇的面對自屬的人生，從不輕易放棄生命那道如同蠟燭微弱欲滅的光啊！

　　讓自己試著慢慢品味作者從首篇如實面對自己，到第二篇遇見遠方國度的男友摯情的遐思。依篇序第三篇對已故父親這份未曾被表達濃厚的深愛，好令人心疼與感動；第四篇為作者最難下筆的是與兄長（哥哥）的依附關係（依賴與獨立；權利與責任）無法分割的親情糾纏；第五篇因

著開始學習走路，竟給自己打開了自屬生命另一種偉大可能性發展；第六篇更是作者在走路時巧遇莫名的墨鏡人生新境界；第七篇是讓作者深切領略到我們都是大地及宇宙之子，自己從未是孤單與寂寞的一個人活著；第八篇作者與亡故父親有著更深意識的連結交會，無論是自我救贖或和解，即從過去與現在到未來，那都是一種生命無限的圓滿禮讚；第九篇作者係此生此世與媽媽最為情感纏繞的功課，已是無法言喻悲喜、怨懟、憤怒及愛恨交加的情緒翻覆；最後篇章作者重新遇見自己的美麗新人生記述感言，更為重要的是在過去「我把自己的肚子搞大了」，在未來「我也讓自己身心全然療癒了」。

末了，佩慧與自己的肚子拚搏這麼多年，當然她真的好棒、好棒呀！另就醫學對各種疾病治療貢獻肯定立場而言是不可或免的，尤以新加坡仁德兼具醫生及護士們的悉心細膩的照顧是那麼無微不至的精神及態度實是令人感佩。惟現在藉以身心靈學習整合為一進而輔助療癒之效，此應不失推之功勞的必要陪伴角色。

最後，且讓我們在此時此刻一起向她們的生命旅程致以最敬禮。

（本文作者為蘇馬利體投資開發股份有限公司

暨蘇馬利體國際事業集團總顧問）

|導讀| 面對最真實的自己，心之所向

郭素珍

　　此詩集裡所稱述的情感關係經歷，的確和我的也有一些相似。我相信或許也和許多人的情感關係相似——說不出口的渴望、說不出口的愛。人生時常出現令人瞠目結舌又情緒化的故事情節，卻也因為這些「說不出口」而遺憾……

　　作者朱佩慧的詩集讓我發現了情感關係更深層的一面，那就是面對最真實的自己。我深深記得她曾對我說過的那句「被恐懼綁架了」，不僅僅是對於害怕康復，反而讓我更深層地看見她在這段深度探索之旅的勇氣、毅力所具備的特質。她面對恐懼，將自己和周遭重新連接，再度擁抱自己的能量，幫助了我看見也懂得所有事件背後的本質，加深了我對所有一切無限的可能性看法和一種對於欣賞人生活著的美好心態。

　　此詩集裡展現了所有無法被表達的主觀感受，內容顯現出了我們肉眼看不見的多重意識層面，而且每一個人的心理和心靈視角都不一樣，所以詩集裡見證了同樣的實相，但涵蓋了不同的真實。

　　主觀感受表達是一種藝術，也是一種不要害怕衝突的表達、不要遺憾的表達、可貴的表達以及一種愛的表達。

　　透過不斷的覺察與觀照、轉化和整合，作者朱佩慧的

自我療癒旅程定能幫助許多人洞察可能沉睡已久的潛能。她堅持無中斷的諮詢，那心靈厚度可歸功於我們的導師——陳志成的陪伴，超越了傳統心理學，如此究竟！

我很榮幸能參與此過程，它將是我生命的烙印！

現在，你也能開始你的人生深度探索之旅，去發現屬於你自己神奇般的獨特性，勇敢地享受學習和探索當中的樂趣，去喚醒你內在偉大的潛能與智慧！

你在此詩集的過程裡，更能發現你的人生目的與意義！

只要你想，就能！

只要你要，就有！

心之所向。

（本文作者為輔導與心理治療師）

郭素珍 Vanessa Keh

- BABM（Hons）
- Counsellor & Psychotherapist（APACS）
- 工商管理學士（榮譽）
- 輔導與心理治療師（新加坡心理治療師和輔導員協會）

簡歷：

一位擁有工商管理（榮譽）學位和社會心理學與輔導學文憑的企業家。

目前攻讀輔導與心理治療師的碩士學位。

她支持企業精神、熱愛自然、旅行、娛樂和閱讀。希望透過學習，激發出每個人的潛能與力量，以愛和完成自我價值來創造自己的實相。

| 專訪 | 癌症，讓她看見自己

陳心怡

　　我第一次以視訊的方式與距離台灣 3100 公里之外的新加坡進行採訪，佩慧是極為罕見且死亡率極高的腹膜後脂肪肉瘤（Retroperitoneal Liposarcoma）患者。從 2012 年 11 月首次確診以來，當 2020 年 8 月面臨第四次復發時，醫生說她很幸運，因為臨床上，這癌症幾乎活不過五年。

　　電腦螢幕前，看到佩慧準備了一整捲衛生紙，我們聊了將近三個小時，那捲衛生紙也快沒了。她的淚水幾乎沒停過。

　　把她這八年來的病史與復發歷程整理出來，一定會讓很多人嘖嘖稱奇。

　　2012 年 12 月確診開刀，從左腹部拿出的腫瘤重達 10 公斤，44 公分長，等同於一顆西瓜大小、三胞胎重量，同時拿掉一顆被腫瘤包覆的腎臟、腎上腺，並切除部分大小腸與盲腸。

　　2014 年第一次復發，位置是右腹，約 6 公分大，部分大小腸連同腫瘤一起切除。

　　2017 年第二次復發，回到左邊，除了大小腸，部分的胰臟與整個脾臟在這次復發被犧牲。

　　2019 年 12 月第三次復發，半顆胰臟成了祭品。

　　2020 年 8 月第四次復發。雖然腫瘤有 6x5 公分大，但

這次她暫時不想再動刀，除非腫瘤仍持續長大。

第一次確診前，佩慧以爲是中年發福，沒想到這個被她戲稱爲「搞大自己肚子」的代價是這麼多臟器陸陸續續跟著陪葬，「我很多器官都沒了，還能活著，但看著一個一個被切掉，我很傷心。」

灑脫背後的真實

佩慧原來不是一個這麼悲傷的女人。至少在念中學時，她仍清晰地記得那個倚著自然環境的校園中的自己，無憂無慮。

只不過，仍有些缺憾。

打從她出生有記憶以來，父親爲了養家，長年在外跑船，而身爲家庭主婦的母親或許是爲了排遣寂寞，經常出門打麻將，泡在自己的社交圈裡。佩慧與哥哥兩人面對空蕩蕩的屋子，都有種被爸媽遺棄的孤獨感。「孩子必須懂事」，因此佩慧一直以來既獨立又堅強，即使父親五十歲那年罹患鼻咽癌後退休回家，兩年後病逝，佩慧仍默默承受命運的安排，邊讀書邊打工，努力養活自己；大學畢業後，除了自己的就學貸款債要還，還得養母親。

「都是妳在承擔，哥哥呢？」我問。

「過去我對他有很深的怨，覺得他都不照顧媽媽跟我。」哥哥隨著父親的腳步踏上航海之路，也複製了父親與家人聚少離多的生活，幾年後他便決定成家而不再漂泊。當哥哥有了自己的家庭，讓佩慧更加認爲自己得孤單扛下照顧母親的重任。

母親在 2011 年被診斷失智，她仍咬牙獨自硬撐，但內心的苦與怨已像鬼魅般逐漸擴大，直到她的癌症確診後，終於崩潰。那個曾經灑脫的俠女，內在是玻璃心。癌症，就是引爆的地雷，讓她的心碎了一地。

佩慧不得不向哥哥求助，但強硬慣了，渴望被愛的求助呈現出來的反而是種怨懟與責難，這讓哥哥更向她難伸出援手。直到第四次復發，與癌症糾纏了八年之久後，佩慧終於決定開始面對自己，好好與哥哥坐下來談。

「原來我哥跟我一樣，都有很深的被遺棄感，不論到哪兒都沒歸屬感，所以他才會去航海。」還原後，佩慧才明白，哥哥不是從沒伸出援手，而是她太主觀、太強勢，哥哥只好退到角落，一切都交給「妹妹大姐」來張羅。

癌症啟動求生意志

強勢高牆終於在佩慧第三次復發動刀後倒下。她整整住院兩個月，身上插滿管線，「生病以來，這次最難捱，是我第一次看到死亡，意識到可能會死，整個人很低落。」

那次，她的腹部與肺都積水，整整住院兩個月，出院後，她成天躲在屋裡哭，不想再跟世界打交道。她也是在這一年認識陳志成老師，並開始學習賽斯思想哲學觀，重新認識自己。「我慢慢看見，真正療癒的關鍵是自己的心、自己的快樂、自己的喜悅，在我還沒罹癌之前，我對人生的喜悅感早已不在，我已經不快樂很久了……」

從父親生病回家那一刻起，很少與父親相處的佩慧突然發現天塌了，但她不能跟著垮，只得繼續獨立堅強，「我

很想依賴，也不想負責，可是找不到方法，只好用生病來解決。」

這樣的信念也讓佩慧在情感上始終處於漂泊狀態，對象總是遠距，聚少離多像是兩人分開的主因，但真正核心是她並沒有準備好為自己打造一個家。對她來說，在一個缺乏愛的流動的家庭中長大，她無法確定自己能否給出愛，也怕扛不了責。以為可以負責，卻又害怕負責，佩慧內心充滿了纏繞與矛盾。

透由學習，她終於能夠面對自己內心的恐懼與不安，「吃得好不好、基因好不好、環境好不好，都不是生病的主因，你是不是喜悅快樂的人，這才是病源。」曾與死亡之臉這麼貼近過，她深信，藉由寫詩，把那些對父母親與哥哥被壓抑下來的情感慢慢清晰了起來，才能支持她走過第四次復發。

「癌症不好玩，要生要死，對我來說，這沒有中間模糊地帶，我若想活下去，就要做最大的努力。因此從另一方面看，癌症也給了我動力。」

（本文作者為視界新聞網總編輯）

CONTENTS

目　錄

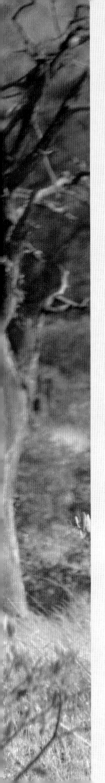

竟然把肚子搞大了

—— 2020 年 9 月 3 日

眞是了不起！
我竟然把我自己的肚子搞大了！
不是一般的大
是三胞胎的大！
是十公斤的大！
朱佩慧，你眞是他媽的了不起！

醞釀了那麼長的時間
我才知道，肚子給搞大了！
一刀，一切
就那麼那麼地
取了出來
朱佩慧，你眞是他媽的了不起！

那十公斤的三胞胎呀！
重得連醫生都抱不住
爲何沒哭呢？！
爲何沒動靜？！
就這樣的結束了嗎？
朱佩慧，你眞是他媽的了不起！

那十公斤
蘊含了許多的愛與恨
埋了許多悲傷與失望
流失了許多夢想與理想
轉折與改變了我的一生
朱佩慧，你真是他媽的了不起！

已到如今
生米煮成了熟飯
我該如何是好？
就硬著頭皮
開開心心地活下來吧！
朱佩慧，你真是他媽的了不起！
竟然把自己的肚子搞大了！

屬於我的愛情呢

—— 2020 年 9 月 10 日

在茫茫人海裡
在六千公里的距離裡
在二十年各過各的生活裡
我們竟然又相遇了。

往日的友誼與情感
在那剎那
湧上心頭
我們又結緣了。

當時的他，孤單失落地忙碌著
當時的我，渴望愛、依靠與呵護
當時的我們，孤男寡女
我們又結緣了。

難道這是宇宙的細心安排？
或是月下老人拉紅線？
把兩個需要愛與呵護的人
牽在一起嗎？

我決定
重寫我的人生故事
要轟轟烈烈地愛一次

要甜甜蜜蜜地被愛和呵護多一次。

我們開始了一段愛情故事
好夢幻呀！好不眞實呀！
我眞不敢相信
我既可能擁有一個遲來的春天！

可我爲何沒有墮入愛河的感覺呢？
可我爲何沒有被呵護、沒有被當作是心肝寶貝的感覺呢？
可我爲何沒有可以依靠他的感覺呢？
可我爲何沒有甜在心窩的感覺呢？

別人說我老了，心不那麼容易地被觸動
別人說我挑剔、不懂得珍惜
不對！我是一個充滿著愛的人
我也是一個懂得去愛別人的人

可惜這段機緣巧合的感情
就是擦不出火花來
這道牆太厚了
我們彼此的愛穿越不了

我失望
我傷心
我生氣
我所渴望的愛與依靠，泡湯了！

經過了那重重困難的人生
經過了我把我自己的肚子搞大了的人生
我似乎看到了愛的曙光
但它也一刹那，很迅速地，被滅了！

難道宇宙就不能允許我一個屬於我的愛嗎？
難道月下老人不再拉紅線了嗎？
我似乎被愛情遺棄了！
我們又結緣了，但也緣盡了。

渴望依靠的肩膀

——2020 年 9 月 12 日

我一出世
他不在我身邊
我從小到大
他也不在我身邊

我和他的溝通
多數都是書信上的來往
我和他的溝通
缺乏了父女情感上的交流

但我知道書信裡含著的是愛、關懷與責任
是那些不常掛在嘴邊的呵護
是那些亞洲父母含蓄的愛
是那些說不出口的愛

就這樣過了十八年
他終於回來了，也終於留在家裡了
他施加當父親的威嚴和權威
我全然反抗。

爸爸生病了

爸爸也這樣的去世了
我和爸爸相處的那段日子，是多麼的短暫
我希望我可再擁有，有爸爸在身邊的感覺。

我這麼大了
卻沒嘗過爸爸在身邊的喜悅
也沒嘗過爸爸拉著我的小手的安全感
我更沒嘗過爸爸是我的支柱、是我能依靠的棟梁

我終於長大了
我以為我很行
可我沒意識到
從小沒有爸爸對我的創傷是那麼的大！

經過了四十八年
也經過了我把我自己的肚子搞大了之後的八年
我突然深深地感受到
沒有爸爸在我生命裡的遺憾

我是多麼的渴望
爸爸牽著我的小手、呵護著我
我是多麼的渴望
爸爸把我當小公主般的疼惜與愛護

我是多麼的渴望
當我傷心時，爸爸安撫我

我是多麼的渴望
當我脆弱時，我有爸爸寬大的肩膀靠著

我是多麼的渴望
爸爸看到我戴四方帽
我是多麼的渴望
爸爸以我為榮

我是多麼的渴望
能與滿頭白髮的爸爸
手牽手
漫步夕陽裡。

在我全然反抗爸爸的權威當下
我看到爸爸對這個家的愛與責任
我也看到他對患病了的自己的失望
我更目睹他對一切的不公平而感悲痛。

那麼有威嚴的爸爸竟流淚了
我們一起痛哭了
我終於告訴爸爸「I love you」了
一切的愛與恨還原了。

爸爸
謝謝你，我愛你
我只希望我可再擁有
有你在我身邊的感覺。

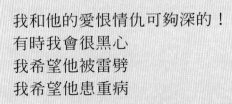

恨得長・愛得深

我和他的愛恨情仇可夠深的！
有時我會很黑心
我希望他被雷劈
我希望他患重病

我和他的愛恨情仇可夠長了！
有時我會很黑心
我希望他經歷被遺棄
我希望他經歷孤單無助

爲了什麼呢？
因爲　我希望他從痛苦中
找到同理心
找到懂得愛他人的心

因爲　我希望他從痛苦中
可放下那自私的心
回到這個家庭
做好一個兒子、做好一個哥哥。

他大我八年
我們兄妹感情疏遠
從小彷彿陌生人
我們彼此不瞭解對方的喜怒哀樂。

爸爸患病了
他也因此成家了
我也上大學了
我自食其力、供自己讀書

生活好辛苦
當時的哥哥在哪裡？
難道哥哥不是該照顧妹妹嗎？
還是我的期望太高？不合理？

爸爸去世了
他的大兒子快出世了
他要媽媽和我搬出去
說家裡的四個房間無法容納我們

我好氣憤！
我好失望！
那被遺棄的感受
太深了！太痛了！

難道兒子不是該照顧媽媽嗎？
難道哥哥不是該照顧妹妹嗎？
還是我的期望
太高了？不合理？

我們越來越疏遠
媽媽患了老年癡呆症
我扛起了照顧媽媽的責任
我也同時把我自己的肚子搞大了！

我是多麼多麼的希望
他可當我們家新的領頭羊
他可當我從來沒有過的泰山
他是我的大哥哥，我是被呵護的小妹。

可　一切都不是我所盼望的
我是多麼多麼的傷心和憤怒
為何這個男人
一點愛與憐憫心都沒有？！

難道兒子不是該照顧媽媽嗎？
難道哥哥不是該照顧妹妹嗎？
還是我的期望
太高了？不合理？

在失望、傷心和憤怒的同時
我決定把我們之間已破的橋梁修補
我鼓起了勇氣，我拿回我的力量
我和他談起了我們的童年

我看到了
我們的相似處
我們成長在負有責任
但缺乏情感流動、愛說不出口的家庭裡

我們倆從小就沒爸媽的呵護與陪伴
我們倆從小就被冷落
我們倆都沒有嘗過有棟梁可依靠的安全感
我們倆都是在情感上被逼獨立的小孩

我也看到了
一個大男人的心裡
藏著一個渴望被呵護的小孩
也藏著一個渴望被愛的小孩

我似乎瞭解了
我可開始同理他了
我可看到他給予我的小小的支持
我可看到他給予媽媽小小愛的互動

我的大哥哥彷彿要回家了
媽媽的兒子也彷彿要回家了
我們彷彿要一家團圓了
我也彷彿臣服了。

跟自己一起走路

——2020 年 10 月 1 日

最近我愛上走路
我愛上跟自己一起走路
我享受和自己走路時，不被打擾的二人世界
我更珍惜與自己走路時，在情感上的交流

剛開始時
要把自己拉出去走路，是不容易的
因為它是陌生的
因為它不曾在我生命裡，有任何的角色與貢獻

剛開始時
要把自己拉出去走路
是要用逼的
是憑著意志力的

但在逼著的情況下
走著走著
我很快地就適應了
我也很快地愛上它了、上癮了。

我發覺
走路不只是個運動
走路是一種修行
走路是一種療癒。

透由走路，我可更敏銳地覺察到
那深沉的、那早已被切割了的情感
哎！那些早已被埋得很深的、已被遺忘的
但依然還存在的喜怒哀樂

走著走著
慢慢地、慢慢地
我的痛、我的悲、我的怒、我的喜、我的愛
彷彿篩麵粉時，浮起來，浮出了心頭

走著走著
有時我會大罵
有時我會哭泣
有時我唱歌了

走著走著
我排出我的怒
我安撫我的哀
我加大我的喜

走著走著
嗯！自己在表達自己的最真感受時
也比較大膽了
也比較自在了。

我覺得
每走一次、每把主觀感受表達出來一次
我那被自己搞大的肚子
就會扁一點、就會消一些

走著走著
我發現
我可　以不同的道路到達同一終點
我也可　選擇到不同的終點。

走著走著
我恍然大悟
我的人生是不需停留在我把我自己的肚子搞大了的那一刻
我是可以有不同的選擇和多重的可能性的！哇！讚！棒！

可能對別人來說
我簡直是個瘋婆子！
但對我來說
這是不傷人、不傷己的安全的表達方式，這就是療癒！

這過程不是一朝一夕的
它是需要時間來醞釀的
我會在這生命的旅程中
繼續走下去的。

透過偏光鏡看世界

——2020 年 10 月 2 日

我最近愛上了走路
我也愛上戴著偏光墨鏡走路
因為世界透過走路與墨鏡
是煥然一新的、是多姿多彩的

我看我的心已死了很久很久了
在還沒把自己肚子搞大之前
在很久以前
我漸漸地、慢慢地、不知不覺地，離開了喜悅

我已不懂得欣賞我周遭的人事物了
好悲哀呀！
怪不得
我會把我自己的肚子搞大！

可是
這墨鏡幾乎能
再次點燃已被滅了的心頭之火
讓我重新看世界

透過偏光墨鏡　看世界
實在神奇！
簡直就是魔術！
從暗淡無色變得色彩豔麗、五彩繽紛！

眞是個驚喜！
平時平淡乏味的樹葉
突然變得翡翠般的綠
好生動、好有層次感！

怎麼天空的藍
藍得那麼的美！
怎麼天空的白雲又白又軟
像棉花糖那麼的誘人！

透過偏光墨鏡　看世界
喜悅自在
平時不顯眼無生氣的小湖景色
突然變得生氣蓬勃

蝴蝶、蜻蜓穿戲花叢中
柳樹隨風飄揚
好生動！好迷人！
眞是心曠神怡！

這到底是墨鏡？還是魔鏡呀？！
怎麼可能那麼容易的
把一顆已死的心
帶來燦爛的顏色和希望呢？！

我真的不敢相信
改變視野就在墨鏡之間
我真的不敢相信
改變人生就在一念之間

但戴了偏光墨鏡＊看世界
足已證明
在擦亮心靈的鏡子那瞬間
我就是健康，我就是喜悅，我就是多姿多彩。

＊ 偏光鏡濾除光束中的直射光線，使光線能於正軌之透光軸投入眼睛視覺影
　 像，使視野清晰自然。

投入大自然的懷抱

——2020 年 10 月 16 日

二〇二〇年十月五日，星期一
陽光普照，風和日麗

我想談一談今天
因為
今天的走路與在樹林裡陪伴著自己的時候
我感觸無比

因為
纏繞著我一生的苦惱一一的呈現在我面前
媽媽，孤單與陪伴
歸屬感

我喜歡在樹林裡的一個小小角落頭
安靜地坐著，陪伴自己的感覺
關心，注意，細聽
它要傳達什麼資訊給我？

我意識到
我有些情感還未被釋放
因為我感覺不自在
所以我慢慢地陪伴著、等著

「Mama」（Queen-Bohemian Rhapsody）
突然在我腦海裡響了起來
媽媽的臉孔
同時浮現在我腦海裡

我即時，心很痛
我即時，悲傷地淚流滿臉
我情緒激動，但泣不成聲
彷彿是交響樂團激昂但靜音的演奏著

我頓時了然
我心深處
我心痛媽媽被病折磨
我心痛媽媽這樣痛苦地活著

媽媽
我愛你，我心疼你
請不要擔心我，因為我會好好地活著
該放手時，你就大膽、自在地去吧！

媽媽
我會陪伴你的
我衷心祝福媽媽
安詳地、喜悅地度過晚年

就這樣靜靜地，在樹林裡，坐了很久
我與這環境打成一片
我和它合為一體
如魚得水、自在得很

猴子、山豬、小松鼠、小毛蟲
從我身邊自在地
滑過、經過、跳過、爬過
對我毫不在意

頓然地
我的整個宇宙
我的過去、現在和未來
聚焦在陪伴與歸屬感

我感覺到那股莫名的、宇宙的陪伴
不是因為它不曾存在過
而是我現在才意識到
我需開放，允許自己投入它的懷抱裡

我也很清楚地看到和明白
我為何從小就對這個家和國家
沒有歸屬感
沒有落地生根的感覺

我這一生
一直往外尋
想盡辦法
要離開這個家（和國家）

就在這一剎那
我的心，瞭解了
我從前為何要走
我現在為何要留下來。

所謂的
踏破鐵鞋無覓處，得來全不費工夫
我很高興和欣慰
我終於回了家了。

情感·超越時空

—— 2020 年 10 月 27 日

二〇二〇年十月二十二日，星期五
傾盆大雨

今天一早
烏雲密布
醞釀了很久
終於下了一場傾盆大雨。

今天是爸爸的祭日
爸爸在二十八年前
病逝了
那年爸爸五十二歲

一九九二年
十月二十二日
上午十點十二分
爸爸離開了我們。

我一向來的記性都不好
可我就從來
沒忘記過
那年那天那時

那天的情景
牢牢地刻在我心頭
二十八年後的今天
對當天的畫面，還是如此的清晰。

那麼多年來
我都沒有好好地
對爸爸
傾訴我的心聲

爸爸去世後
我夢過他三次
每個夢境裡
我都是在尋找著爸爸

尋尋覓覓，花盡功夫
終於爸爸回來了
那些夢好逼真呀！
我都是哭著醒來的

今天跪在爸爸的靈位前
我要如實地表達我的感受
我慢慢地、柔柔地　唸了
我爲爸爸寫的那首詩

那詩蘊含了
渴望、遺憾與說不出的愛
而今天　我也需向爸爸表達
一個女兒對爸爸的期望

爸爸
你爲了養家
長年航海
辛苦你了

爸爸
你也這樣的
成爲家裡的稀客
委屈你了

我們從來沒有
一家人
在一起生活過
在一起歡笑過

媽媽忙著
過一個彌補沒丈夫在身邊的生活
哥哥和我獨立忙著
過一個沒父母陪伴的生活

我們的情感太疏遠了
我們也因此疏遠了
我們這盤散沙
被風吹到四面八方

現在
媽媽患重病了
哥哥的親子關係不佳
我也把我自己的肚子搞大了

爸爸
現在是關鍵時刻
你需通過不同空間
引導我們一家人歸隊

請你
以意識的穿梭，陪伴媽媽
讓她再次地
感受被愛與呵護

請你
握著媽媽的手，安撫她
讓她安然地
放下對死亡的恐懼

請你
牽著媽媽的手，引導她
讓她感受到
你那美麗的世界

爸爸
請以意識的連結
讓媽媽、哥哥和我
回到一個不一樣的過去

回到一個
有你陪伴著媽媽的過去
回到一個
有你和媽媽陪伴著哥哥和我的童年

這樣
我們一家人的過去、現在和未來
頓然地
改變了

我們的愛恨情仇
被解構了
我們的情感
歸隊了

頓然地
我們一家人
團圓了
一切也都還原了。

最深的獨白

——2020 年 11 月 17 日

媽媽在一九九二年，五十二歲時
經歷喪夫之痛
過後的歲月
我們倆相依爲命

媽媽和我
在意識與情感上纏繞交織
彷彿延伸前世因緣
還原於今世

我們剛爲媽媽慶祝她的八十大壽
是個小小樸素的慶祝會
家自製濃濃的愛的蛋糕
八根大蠟燭

爲媽媽唱了
英文、華文和粵語版的祝賀歌
往常的媽媽喜歡唱生日歌和吹蠟燭
往常的媽媽總會隨著歌的節奏拍手

現在
媽媽略知周遭的人事物
她彷彿墜落了意識的深淵
在現實和意識之間反彈

在二○一一年初
媽媽被診斷
罹患 Alzheimer's Disease（阿茲海默病）
我苦惱、我心痛

現在的媽媽
不能自理了
失語、需靠鼻管進食
完全依賴看護者

阿茲海默病是個殘忍的疾病
它能夠讓一個身心健全的人
慢慢地失去身體的每個功能
所剩下的，只是軀殼一個

目睹媽媽經歷這個過程
我心痛如刀絞
我感覺好無助、好無奈
我只能默默地照顧和陪伴媽媽

這些年來和媽媽走過的路
是曲折的、是折騰的、是崎嶇不平的
是心酸的、是淚流滿臉的
也是愛、恨、感恩、依賴與愧疚的交織。

〈獨白：我對媽媽的愛與感恩〉

媽媽
剛開始照顧你的時候，是因爲責任
現在照顧你，是因爲我愛你
我會每天多愛你一些

我喜歡牽你的手
抱抱你吻吻你的臉頰，唱歌給你聽
和你去公園曬太陽、吹吹風，去逛百貨
時常爲你唱生日歌和吹蠟燭。

當我看到
你嘴角那微微的笑
我知道在觸覺和意識上
你感覺到我的愛和呵護

媽媽
你燕窩的愛 *
一直刻在我內心深處
絕不忘懷

媽媽
謝謝你一直陪伴著我
我會盡我可能
陪伴你度過你的晚年

〈獨白：我對媽媽的依賴〉

媽媽
我們相依爲命多年
當你不在我身邊時
我會孤苦伶仃嗎？

〈獨白：我對媽媽的恨〉

媽媽我很愛你
但我也恨你

小時候
你重男輕女
把哥哥當寶
把我當草

長大了
你爲何不堅持
哥哥養你和照顧你？
你爲什麼變成我獨有的責任？

你爲何讓自己病得那麼重？
那麼的糟蹋自己？！
把自己的生命過得如此的慘？！

難道你不知道
你的病
就是我最大的壓力和負擔嗎？

我陷入兩難之局
我尊重你的選擇
不讓你在療養院度過晚年

但扛起照顧你的責任
把我弄得奄奄一息！
你對我的不公平，不內疚嗎？
難道你不心疼我嗎？

〈獨白：我對媽媽的愧疚〉

媽媽
你不善於表達情感
你只懂得發脾氣
你也不懂得如實地表達你的需要
你更不懂得向哥哥和我表達你渴望我們的愛和陪伴。

當時的我
沒歸屬感
一直往外尋
以為離鄉背井能安撫我的不自在

你從沒阻止我出國發展
經過這些年的反思
我終於明白
你是渴望我留在家裡的

我自責、我愧疚
假如爸爸去世後，我多陪伴你
假如我沒丟下你，出國工作
你還會生病嗎？

媽媽，我對不起你！
請你原諒我！

〈獨白完〉

媽媽的肉體與意識
像流沙
隨著病情的惡化
加速地，從我指縫中流失

與其緊抓著不放
我不如
敞開雙臂
展開雙手

讓流沙隨風而安
回歸大自然
為媽媽歡呼
為媽媽喝采她的人生！

〈獨白：幸福／給媽媽的祝福〉

媽媽
辛苦你了
為了陪伴我
受盡喪夫之痛，病魔的折磨

媽媽
請你不要擔心我
我會康復
我會好好地活下去

媽媽
你就隨意地、自在地
去尋找你的快樂和喜悅
回歸到你心中的佛吧！

「人生過得折騰一點
不一定不會幸福
只是太辛苦了！」

媽媽
你我都辛苦了
但在這艱辛的當兒
也孕育了許多幸福的小插曲和歡笑

媽媽
謝謝你的陪伴
我很欣慰有你同行
我愛你，我祝福你。

〈獨白完〉

---

* 媽媽總在凌晨一點悉心熬煮燕窩，要兩兄妹靜靜地喝下去，才能有最好滋
　養效果。

柳暗花明又一村

—— 2020 年 11 月 16 日

那天
二〇一二年十一月六日
我被診斷罹患 Retroperitoneal Liposarcoma
（腹膜後脂肪肉瘤）。

一瞬間
我的人生
猶如晴天霹靂
猛烈地被顛倒過來

讀盡所有的相關資料
這罕見的癌症
預後差到谷底
必死無疑。

那年
我四十歲
醞釀著在我體內的腫瘤
足足有四十四公分長、十公斤重！

我竟然把我自己的肚子搞得那麼大！
我卻沒意識到！
既可悲又荒謬！
接下來的人生該怎麼過？！

當時的我
情緒交織：怒、憂、悲、恐、驚
哀痛欲絕
泣不成聲

親愛的朋友們
你們可否
瞭解
被判死刑的感受？

曾經一度的
遼遠廣闊的生命地平線
從此被恐懼侵入霸占了
現在的視野變得狹窄膽小

別談什麼理想和夢想！
我每三個月需複診與掃描
我最膽大妄為的規畫
就限於眼前的九十天！

和我一起戰鬥的癌友們
也一個一個離開了
我心痛他們的逝世
也再次被提醒醫藥界對我必然因癌死亡的判斷。

我的生命
已被癌症和恐懼吞噬了
我不是我了
我再也不是我了

親愛的朋友們
你們可否
瞭解
活在恐懼裡而動彈不得的滋味嗎？

在這八年裡
我復發四次
動了四次的大手術
我越來越來絕望

隨著冷漠無情的手術刀
每一切一割
我寶貝的脾、胰、左腎、左腎上腺、大小腸、闌尾
一個一個的被切除

隨著寶貝們的離開
我生命的毅力和意志力
如烏雲籠罩，不見天日
死亡變得越來越真實

我的世界
像流星
被撞擊
出了軌道

高速的
耗盡一生的能量
發射最後的光芒
朝向滅亡

親愛的朋友們
你們可否
瞭解
等待行刑之日的感覺？

但　已八年了
我很僥倖的
還存活著
身體狀況良好

一路走來的這八年
用盡了各式治療方法
但還是如實地復發
我開始意識到癌症背後的語言。

一般對患癌原因的共同信念是：
你的基因有瑕疵
你的環境受污染
你吃的食物不健康

我更深深相信
身心靈合而爲一的健康
我們需細心的觀照
我們的信念、情緒和情感

我發現
我早已在還沒生病之前
不知不覺的（因爲我不夠細心，沒聆聽內在聲音）
陷入人生的谷底

我早已離開了喜悅
我忘了開懷大笑的感覺是什麼了！
我渴望的愛與依靠
沒被滿足

我那假性的獨立
已無法繼續扛起照顧媽媽的重擔了
我被對周遭人事物的怨與恨吞沒了
我找不到出口

我已經活得很累了
我已經看不到活下去的意義了
我已經失去生命的動力了
我已經活不下去了

所以
我生病了
患的不是一般的傷風感冒
而是需與時間賽跑的罕見癌症

而從病中
我開始學習愛與觀照自己多一些
我開始做家庭的心靈功課
我開始蛻變、展現一個不同的自己

我慢慢地
開始大膽地表達我的喜怒哀樂
我慢慢地
開始大膽放縱地為自己再活多一次！

我開始容許
膽大妄為地再次享受生命的熱忱和喜悅
膽大妄為地擁有理想和夢想
膽大妄為地深信「我要！就有！」

我開始在心靈的層面上
慢慢療癒
我相信
相對的，我會完全療癒

我深信
一旦認準了前因後果
對症下藥
我們將目睹醫藥界的另一奇蹟！

「『療癒』是一種蛻變＊
失去了舊的『信念』
必然因為又來了新的『療癒』
這就是『必然的』。」

我竟然把自己的肚子搞大了！
但從中　我開始蛻變了
山窮水盡疑無路，柳暗花明又一村
朱佩慧，你眞是他媽的了不起！

＊本詩末了參照三毛文句，有感爲蛻變療癒的抒發。
「成長是一種蛻變，失去了舊的，必然又因爲來了新的，這就是公平。」
——三毛《親愛的三毛》。

竟然把肚子搞大了

——2020 年 9 月 3 日

真是了不起！
我竟然把我自己的肚子搞大了！
不是一般的大
是三胞胎的大！
是十公斤的大！
朱佩慧，你真是他妈的了不起！

酝酿了那么长的时间
我才知道，肚子给搞大了！
一刀，一切
就那么那么地
取了出来
朱佩慧，你真是他妈的了不起！

那十公斤的三胞胎呀！
重得连医生都抱不住
为何没哭呢？！
为何没动静？！
就这样的结束了吗？
朱佩慧，你真是他妈的了不起！

那十公斤
蕴含了许多的爱与恨
埋了许多悲伤与失望
流失了许多梦想与理想
转折与改变了我的一生
朱佩慧，你真是他妈的了不起！

已到如今
生米煮成了熟饭
我该如何是好？
就硬著头皮
开开心心地活下来吧！
朱佩慧，你真是他妈的了不起！
竟然把自己的肚子搞大了！

属于我的爱情呢

—— 2020 年 9 月 10 日

在茫茫人海里
在六千公里的距离里
在二十年各过各的生活里
我们竟然又相遇了。

往日的友谊与情感
在那刹那
涌上心头
我们又结缘了。

当时的他，孤单失落地忙碌著
当时的我，渴望爱、依靠与呵护
当时的我们，孤男寡女
我们又结缘了。

难道这是宇宙的细心安排？
或是月下老人拉红线？
把两个需要爱与呵护的人
牵在一起吗？

我决定
重写我的人生故事
要轰轰烈烈地爱一次
要甜甜蜜蜜地被爱和呵护多一次。

我们开始了一段爱情故事
好梦幻呀！好不真实呀！
我真不敢相信
我既可能拥有一个迟来的春天！

可我为何没有堕入爱河的感觉呢？
可我为何没有被呵护、没有被当作是心肝宝贝的感觉呢？
可我为何没有可以依靠他的感觉呢？
可我为何没有甜在心窝的感觉呢？

别人说我老了，心不那么容易地被触动
别人说我挑剔、不懂得珍惜
不对！我是一个充满著爱的人
我也是一个懂得去爱别人的人

可惜这段机缘巧合的感情
就是擦不出火花来
这道墙太厚了
我们彼此的爱穿越不了

我失望
我伤心
我生气
我所渴望的爱与依靠，泡汤了！

经过了那重重困难的人生
经过了我把我自己的肚子搞大了的人生
我似乎看到了爱的曙光
但它也一刹那，很迅速地，被灭了！

难道宇宙就不能允许我一个属于我的爱吗？
难道月下老人不再拉红线了吗？
我似乎被爱情遗弃了！
我们又结缘了，但也缘尽了。

渴望依靠的肩膀

—— 2020 年 9 月 12 日

我一出世
他不在我身边
我从小到大
他也不在我身边

我和他的沟通
多数都是书信上的来往
我和他的沟通
缺乏了父女情感上的交流

但我知道书信里含著的是爱、关怀与责任
是那些不常挂在嘴边的呵护
是那些亚洲父母含蓄的爱
是那些说不出口的爱

就这样过了十八年
他终于回来了，也终于留在家里了
他施加当父亲的威严和权威
我全然反抗。

爸爸生病了
爸爸也这样的去世了
我和爸爸相处的那段日子，是多么的短暂
我希望我可再拥有，有爸爸在身边的感觉。

我这么大了
却没尝过爸爸在身边的喜悦
也没尝过爸爸拉著我的小手的安全感
我更没尝过爸爸是我的支柱、是我能依靠的栋梁

我终于长大了
我以为我很行
可我没意识到
从小没有爸爸对我的创伤是那么的大！

经过了四十八年
也经过了我把我自己的肚子搞大了之后的八年
我突然深深地感受到
没有爸爸在我生命里的遗憾

我是多么的渴望
爸爸牵著我的小手、呵护著我
我是多么的渴望
爸爸把我当小公主般的疼惜与爱护

我是多么的渴望
当我伤心时，爸爸安抚我
我是多么的渴望
当我脆弱时，我有爸爸宽大的肩膀靠著

我是多么的渴望
爸爸看到我戴四方帽
我是多么的渴望
爸爸以我为荣

我是多么的渴望
能与满头白发的爸爸
手牵手
漫步夕阳里。

在我全然反抗爸爸的权威当下
我看到爸爸对这个家的爱与责任
我也看到他对患病了的自己的失望
我更目睹他对一切的不公平而感悲痛。

那么有威严的爸爸竟流泪了
我们一起痛哭了
我终于告诉爸爸「I love you」了
一切的爱与恨还原了。

爸爸
谢谢你，我爱你
我只希望我可再拥有
有你在我身边的感觉。

恨得长 · 爱得深

—— 2020 年 9 月 27 日

我和他的爱恨情仇可够深的！
有时我会很黑心
我希望他被雷劈
我希望他患重病

我和他的爱恨情仇可够长了！
有时我会很黑心
我希望他经历被遗弃
我希望他经历孤单无助

为了什么呢？
因为　我希望他从痛苦中
找到同理心
找到懂得爱他人的心

因为　我希望他从痛苦中
可放下那自私的心
回到这个家庭
做好一个儿子、做好一个哥哥。

他大我八年
我们兄妹感情疏远
从小彷佛陌生人
我们彼此不了解对方的喜怒哀乐。

爸爸患病了
他也因此成家了
我也上大学了
我自食其力、供自己读书

生活好辛苦
当时的哥哥在哪里？
难道哥哥不是该照顾妹妹吗？
还是我的期望太高？不合理？

爸爸去世了
他的大儿子快出世了
他要妈妈和我搬出去
说家里的四个房间无法容纳我们

我好气愤！
我好失望！
那被遗弃的感受
太深了！太痛了！

难道儿子不是该照顾妈妈吗？
难道哥哥不是该照顾妹妹吗？
还是我的期望
太高了？不合理？

我们越来越疏远
妈妈患了老年痴呆症
我扛起了照顾妈妈的责任
我也同时把我自己的肚子搞大了！

我是多么多么的希望
他可当我们家新的领头羊
他可当我从来没有过的泰山
他是我的大哥哥，我是被呵护的小妹。

可　一切都不是我所盼望的
我是多么多么的伤心和愤怒
为何这个男人
一点爱与怜悯心都没有？！

难道儿子不是该照顾妈妈吗？
难道哥哥不是该照顾妹妹吗？
还是我的期望
太高了？不合理？

在失望、伤心和愤怒的同时
我决定把我们之间已破的桥梁修补
我鼓起了勇气，我拿回我的力量
我和他谈起了我们的童年

我看到了
我们的相似处
我们成长在负有责任
但缺乏情感流动、爱说不出口的家庭里

我们俩从小就没爸妈的呵护与陪伴
我们俩从小就被冷落
我们俩都没有尝过有栋梁可依靠的安全感
我们俩都是在情感上被逼独立的小孩

我也看到了
一个大男人的心里
藏著一个渴望被呵护的小孩
也藏著一个渴望被爱的小孩

我似乎了解了
我可开始同理他了
我可看到他给予我的小小的支持
我可看到他给予妈妈小小爱的互动

我的大哥哥彷佛要回家了
妈妈的儿子也彷佛要回家了
我们彷佛要一家团圆了
我也彷佛臣服了。

跟自己一起走路

—— 2020 年 10 月 1 日

最近我爱上走路
我爱上跟自己一起走路
我享受和自己走路时，不被打扰的二人世界
我更珍惜与自己走路时，在情感上的交流

刚开始时
要把自己拉出去走路，是不容易的
因为它是陌生的
因为它不曾在我生命里，有任何的角色与贡献

刚开始时
要把自己拉出去走路
是要用逼的
是凭著意志力的

但在逼著的情况下
走著走著
我很快地就适应了
我也很快地爱上它了、上瘾了。

我发觉
走路不只是个运动
走路是一种修行
走路是一种疗愈。

透由走路，我可更敏锐地觉察到
那深沉的、那早已被切割了的情感
哎！那些早已被埋得很深的、已被遗忘的
但依然还存在的喜怒哀乐

走著走著
慢慢地、慢慢地
我的痛、我的悲、我的怒、我的喜、我的爱
彷佛筛面粉时，浮起来，浮出了心头

走著走著
有时我会大骂
有时我会哭泣
有时我唱歌了

走著走著
我排出我的怒
我安抚我的哀
我加大我的喜

走著走著
嗯！自己在表达自己的最真感受时
也比较大胆了
也比较自在了。

我觉得
每走一次、每把主观感受表达出来一次
我那被自己搞大的肚子
就会扁一点、就会消一些

走著走著
我发现
我可　以不同的道路到达同一终点
我也可　选择到不同的终点。

走著走著
我恍然大悟
我的人生是不需停留在我把我自己的肚子搞大了的那一刻
我是可以有不同的选择和多重的可能性的！哇！赞！棒！

可能对别人来说
我简直是个疯婆子！
但对我来说
这是不伤人、不伤己的安全的表达方式，这就是疗愈！

这过程不是一朝一夕的
它是需要时间来酝酿的
我会在这生命的旅程中
继续走下去的。

透过偏光镜看世界

——2020 年 10 月 2 日

我最近爱上了走路
我也爱上戴著偏光墨镜走路
因为世界透过走路与墨镜
是焕然一新的、是多姿多彩的

我看我的心已死了很久很久了
在还没把自己肚子搞大之前
在很久以前
我渐渐地、慢慢地、不知不觉地，离开了喜悦

我已不懂得欣赏我周遭的人事物了
好悲哀呀！
怪不得
我会把我自己的肚子搞大！

可是
这墨镜几乎能
再次点燃已被灭了的心头之火
让我重新看世界

透过偏光墨镜　　看世界
实在神奇！
简直就是魔术！
从暗淡无色变得色彩艳丽、五彩缤纷！

真是个惊喜！
平时平淡乏味的树叶
突然变得翡翠般的绿
好生动、好有层次感！

怎么天空的蓝
蓝得那么的美！
怎么天空的白云又白又软
像棉花糖那么的诱人！

透过偏光墨镜　看世界
喜悦自在
平时不显眼无生气的小湖景色
突然变得生气蓬勃

蝴蝶、蜻蜓穿戏花丛中
柳树随风飘扬
好生动！好迷人！
真是心旷神怡！

这到底是墨镜？还是魔镜呀？！
怎么可能那么容易的
把一颗已死的心
带来灿烂的颜色和希望呢？！

我真的不敢相信
改变视野就在墨镜之间
我真的不敢相信
改变人生就在一念之间

但戴了偏光墨镜　看世界
足已证明
在擦亮心灵的镜子那瞬间
我就是健康，我就是喜悦，我就是多姿多彩。

---

* 偏光镜滤除光束中的直射光线，使光线能于正轨之透光轴投入眼睛视觉
　影像，使视野清晰自然。

投入大自然的怀抱

二〇二〇年十月五日，星期一
阳光普照，风和日丽

我想谈一谈今天
因为
今天的走路与在树林里陪伴著自己的时候
我感触无比

因为
缠绕著我一生的苦恼一一的呈现在我面前
妈妈，孤单与陪伴
归属感

我喜欢在树林里的一个小小角落头
安静地坐著，陪伴自己的感觉
关心，注意，细听
它要传达什麽资讯给我？

我意识到
我有些情感还未被释放
因为我感觉不自在
所以我慢慢地陪伴著、等著

「Mama」（Queen-Bohemian Rhapsody）
突然在我脑海里响了起来
妈妈的脸孔
同时浮现在我脑海里

我即时，心很痛
我即时，悲伤地泪流满脸
我情绪激动，但泣不成声
彷佛是交响乐团激昂但静音的演奏著

我顿时了然
我心深处
我心痛妈妈被病折磨
我心痛妈妈这样痛苦地活著

妈妈
我爱你，我心疼你
请不要担心我，因为我会好好地活著
该放手时，你就大胆、自在地去吧！

妈妈
我会陪伴你的
我衷心祝福妈妈
安详地、喜悦地度过晚年

就这样静静地，在树林里，坐了很久
我与这环境打成一片
我和它合为一体
如鱼得水、自在得很

猴子、山猪、小松鼠、小毛虫
从我身边自在地
滑过、经过、跳过、爬过
对我毫不在意

顿然地
我的整个宇宙
我的过去、现在和未来
聚焦在陪伴与归属感

我感觉到那股莫名的、宇宙的陪伴
不是因为它不曾存在过
而是我现在才意识到
我需开放，允许自己投入它的怀抱里

我也很清楚地看到和明白
我为何从小就对这个家和国家
没有归属感
没有落地生根的感觉

我这一生
一直往外寻
想尽办法
要离开这个家（和国家）

就在这一刹那
我的心，了解了
我从前为何要走
我现在为何要留下来。

所谓的
踏破铁鞋无觅处，得来全不费工夫
我很高兴和欣慰
我终于回了家了。

情感 · 超越时空

—— 2020 年 10 月 27 日

二○二○年十月二十二日，星期五
倾盆大雨

今天一早
乌云密布
酝酿了很久
终于下了一场倾盆大雨。

今天是爸爸的祭日
爸爸在二十八年前
病逝了
那年爸爸五十二岁

一九九二年
十月二十二日
上午十点十二分
爸爸离开了我们。

我一向来的记性都不好
可我就从来
没忘记过
那年那天那时

那天的情景
牢牢地刻在我心头
二十八年后的今天
对当天的画面，还是如此的清晰。

那么多年来
我都没有好好地
对爸爸
倾诉我的心声

爸爸去世后
我梦过他三次
每个梦境里
我都是在寻找著爸爸

寻寻觅觅，花尽功夫
终于爸爸回来了
那些梦好逼真呀！
我都是哭著醒来的

今天跪在爸爸的灵位前
我要如实地表达我的感受
我慢慢地、柔柔地　念了
我为爸爸写的那首诗

那诗蕴含了
渴望、遗憾与说不出的爱
而今天　我也需向爸爸表达
一个女儿对爸爸的期望

爸爸
你为了养家
长年航海
辛苦你了

爸爸
你也这样的
成为家里的稀客
委屈你了

我们从来没有
一家人
在一起生活过
在一起欢笑过

妈妈忙著
过一个弥补没丈夫在身边的生活
哥哥和我独立忙著

过一个没父母陪伴的生活

我们的情感太疏远了
我们也因此疏远了
我们这盘散沙
被风吹到四面八方

现在
妈妈患重病了
哥哥的亲子关系不佳
我也把我自己的肚子搞大了

爸爸
现在是关键时刻
你需通过不同空间
引导我们一家人归队

请你
以意识的穿梭，陪伴妈妈
让她再次地
感受被爱与呵护

请你
握著妈妈的手，安抚她
让她安然地
放下对死亡的恐惧

请你
牵著妈妈的手，引导她
让她感受到
你那美丽的世界

爸爸
请以意识的连结
让妈妈、哥哥和我
回到一个不一样的过去

回到一个
有你陪伴著妈妈的过去
回到一个
有你和妈妈陪伴著哥哥和我的童年

这样
我们一家人的过去、现在和未来
顿然地
改变了

我们的爱恨情仇
被解构了
我们的情感
归队了

顿然地
我们一家人
团圆了
一切也都还原了。

最深的独白

— 2020 年 11 月 17 日

妈妈在一九九二年，五十二岁时
经历丧夫之痛
过后的岁月
我们俩相依为命

妈妈和我
在意识与情感上缠绕交织
彷佛延伸前世因缘
还原于今世

我们刚为妈妈庆祝她的八十大寿
是个小小朴素的庆祝会
家自制浓浓的爱的蛋糕
八根大腊烛

为妈妈唱了
英文、华文和粤语版的祝贺歌
往常的妈妈喜欢唱生日歌和吹腊烛
往常的妈妈总会随著歌的节奏拍手

现在
妈妈略知周遭的人事物
她彷佛坠落了意识的深渊
在现实和意识之间反弹

在二〇一一年初
妈妈被诊断
罹患 Alzheimer's Disease（阿兹海默病）
我苦恼、我心痛

现在的妈妈
不能自理了
失语、需靠鼻管进食
完全依赖看护者

阿兹海默病是个残忍的疾病
它能够让一个身心健全的人
慢慢地失去身体的每个功能
所剩下的，只是躯壳一个

目睹妈妈经历这个过程
我心痛如刀绞
我感觉好无助、好无奈
我只能默默地照顾和陪伴妈妈

这些年来和妈妈走过的路
是曲折的、是折腾的、是崎岖不平的
是心酸的、是泪流满脸的
也是爱、恨、感恩、依赖与愧疚的交织。

〈独白：我对妈妈的爱与感恩〉

妈妈
刚开始照顾你的时候，是因为责任
现在照顾你，是因为我爱你
我会每天多爱你一些

我喜欢牵你的手
抱抱你、吻吻你的脸颊，唱歌给你听
和你去公园晒太阳、吹吹风，去逛百货
时常为你唱生日歌和吹腊烛。

当我看到
你嘴角那微微的笑
我知道在触觉和意识上
你感觉到我的爱和呵护

妈妈
你燕窝的爱 *
一直刻在我内心深处
绝不忘怀

妈妈
谢谢你一直陪伴著我
我会尽我可能
陪伴你度过你的晚年

〈独白： 我对妈妈的依赖〉

妈妈
我们相依为命多年
当你不在我身边时
我会孤苦伶仃吗?

〈独白：我对妈妈的恨〉

妈妈我很爱你
但我也恨你。

小时候
你重男轻女
把哥哥当宝
把我当草

长大了
你为何不坚持
哥哥养你和照顾你？
你为什么变成我独有的责任？

你为何让自己病得那么重？
那么的糟蹋自己？！
把自己的生命过得如此的惨？！

难道你不知道
你的病
就是我最大的压力和负担吗？

我陷入两难之局
我尊重你的选择
不让你在疗养院度过晚年

但扛起照顾你的责任
把我弄得奄奄一息！
你对我的不公平，不内疚吗？
难道你不心疼我吗？

〈独白：我对妈妈的愧疚〉

妈妈
你不善于表达情感
你只懂得发脾气
你也不懂得如实地表达你的需要
你更不懂得向哥哥和我表达你渴望我们的爱和陪伴。

当时的我
没归属感
一直往外寻
以为离乡背井能安抚我的不自在

你从没阻止我出国发展
经过这些年的反思
我终于明白
你是渴望我留在家里的

我自责、我愧疚
假如爸爸去世后，我多陪伴你
假如我没丢下你，出国工作
你还会生病吗？

妈妈，我对不起你！
请你原谅我！

〈独白完〉

妈妈的肉体与意识
像流沙
随著病情的恶化
加速地，从我指缝中流失

与其紧抓著不放
我不如
敞开双臂
展开双手

让流沙随风而安
回归大自然
为妈妈欢呼
为妈妈喝采她的人生！

〈独白：幸福 ／ 给妈妈的祝福〉

妈妈
辛苦你了
为了陪伴我
受尽丧夫之痛，病魔的折磨

妈妈
请你不要担心我
我会康复
我会好好地活下去

妈妈
你就随意地、自在地
去寻找你的快乐和喜悦
回归到你心中的佛吧！

「人生过得折腾一点
不一定不会幸福
只是太辛苦了！」

妈妈
你我都辛苦了
但在这艰辛的当儿
也孕育了许多幸福的小插曲和欢笑

妈妈
谢谢你的陪伴
我很欣慰有你同行
我爱你，我祝福你。

〈独白完〉

---

* 妈妈总在凌晨一点悉心熬煮燕窝，要两兄妹静静地喝下去，才能有最好
滋养效果。

柳暗花明又一村

——2020 年 11 月 16 日

那天
二〇一二年十一月六日
我被诊断罹患 Retroperitoneal Liposarcoma
（腹膜后脂肪肉瘤）。

一瞬间
我的人生
犹如晴天霹雳
猛烈地被颠倒过来

读尽所有的相关资料
这罕见的癌症
预后差到谷底
必死无疑。

那年
我四十岁
酝酿著在我体内的肿瘤
足足有四十四公分长、十公斤重！

我竟然把我自己的肚子搞得那么大！
我却没意识到！
既可悲又荒谬！
接下来的人生该怎么过？！

当时的我
情绪交织：怒、忧、悲、恐、惊
哀痛欲绝
泣不成声

107

亲爱的朋友们
你们可否
了解
被判死刑的感受?

曾经一度的
辽远广阔的生命地平线
从此被恐惧侵入霸占了
现在的视野变得狭窄胆小

别谈什么理想和梦想!
我每三个月需复诊与扫描
我最胆大妄为的规划
就限于眼前的九十天!

和我一起战斗的癌友们
也一个一个离开了
我心痛他们的逝世
也再次被提醒医药界对我必然因癌死亡的判断。

我的生命
已被癌症和恐惧吞噬了
我不是我了
我再也不是我了

亲爱的朋友们
你们可否
了解
活在恐惧里而动弹不得的滋味吗?

在这八年里
我复发四次
动了四次的大手术
我越来越来绝望

随著冷漠无情的手术刀
每一切一割
我宝贝的脾、胰、左肾、左肾上腺、大小肠、阑尾
一个一个的被切除

随著宝贝们的离开
我生命的毅力和意志力
如乌云笼罩，不见天日
死亡变得越来越真实

我的世界
像流星
被撞击
出了轨道

高速的
耗尽一生的能量
发射最后的光芒
朝向灭亡

亲爱的朋友们
你们可否
了解
等待行刑之日的感觉？

但　已八年了
我很侥幸的
还存活著
身体状况良好

一路走来的这八年
用尽了各式治疗方法
但还是如实地复发
我开始意识到癌症背后的语言。

一般对患癌原因的共同信念是：
你的基因有瑕疵
你的环境受污染
你吃的食物不健康

我更深深相信
身心灵合而为一的健康
我们需细心的观照
我们的信念、情绪和情感

我发现
我早已在还没生病之前
不知不觉的（因为我不够细心，没聆听内在声音）
陷入人生的谷底

我早已离开了喜悦
我忘了开怀大笑的感觉是什么了！
我渴望的爱与依靠
没被满足

我那假性的独立
已无法继续扛起照顾妈妈的重担了
我被对周遭人事物的怨与恨吞没了
我找不到出口

我已经活得很累了
我已经看不到活下去的意义了
我已经失去生命的动力了
我已经活不下去了

所以
我生病了
患的不是一般的伤风感冒
而是需与时间赛跑的罕见癌症

而从病中
我开始学习爱与观照自己多一些
我开始做家庭的心灵功课
我开始蜕变、展现一个不同的自己

我慢慢地
开始大胆地表达我的喜怒哀乐
我慢慢地
开始大胆放纵地为自己再活多一次！

我开始容许
胆大妄为地再次享受生命的热忱和喜悦
胆大妄为地拥有理想和梦想
胆大妄为地深信「我要！就有！」

我开始在心灵的层面上
慢慢疗愈
我相信
相对的，我会完全疗愈

我深信
一旦认准了前因后果
对症下药
我们将目睹医药界的另一奇迹！

「『疗愈』是一种蜕变 *
失去了旧的『信念』
必然因为又来了新的『疗愈』
这就是『必然的』。」

我竟然把自己的肚子搞大了！
但从中　我开始蜕变了
山穷水尽疑无路，柳暗花明又一村
朱佩慧，你真是他妈的了不起！

---

* 本诗末了参照三毛文句，有感为蜕变疗愈的抒发。
「成长是一种蜕变，失去了旧的，必然又因为来了新的，这就是公平。」
　　——三毛《亲爱的三毛》。

| 謝誌 |

　　這八年與癌共枕的路程是崎嶇不平的，是動盪的，是滑腳的。我摔倒無數次，但很感恩的，每次都可爬起來，重塑自我和力量。我非常感謝與我並肩作戰的醫療團隊，尤其是魏成雄醫生、曾祥遂醫生和鄭名賢醫生：謝謝你們醫者仁心的精神。我也非常感激一直鼓勵我，支持我，愛護我，為我打氣的朋友們。Dane Tang, Ed-Lee Rina Bella, Joanne Lee：謝謝你們的愛和陪伴！Jovin Teo：Thank you very much for your beautiful words！家油站與郭家三姐妹：深深地感謝！淩君表姐：我衷心感謝你對我的不離不棄與愛。也很感謝哥哥和大嫂：沒有你們，我就沒有家。Judith & Linda: my heartfelt appreciation to you for your tender loving care towards Mom. 非常謝謝蘇馬利體國際事業集團（包括心怡和佳佳）大力地幫我籌備出版與張羅這本詩集。我尊敬的陳志成老師：謝謝您給予我最大的包容和同理，也一直地守護著我。沒有您，就沒有詩集。我摯愛的媽媽，您那燕窩的愛，永遠甜在我心窩裡。

　　我很欣慰，患病後，我大膽放棄了我夢寐以求的工作，去成就多年來，一直很想展開的非洲野生之旅的夢想和十天北歐拉普蘭地區狗拉雪撬的挑戰。我多次到非洲，愛上、沉迷野外露營和陶醉在與大自然萬物的連結。我曾和五頭獅子在露營區裡，（謹慎地）度過十小時！好刺激！好精采！我也特別喜愛觀星。在寂靜無人的夜裡，一望無際的曠野上，凝望著非洲的夜空中的南十字星座和橫越天際的

銀河系，更禁不住讚歎這宇宙的奧妙！頂著拉普蘭刺骨的寒風，追逐著若有似無的北極光，當好不容易趕上了極光的饗宴，我被大自然的偉大觸動了！我體悟了，在無限的大自然和宇宙之間，我只是那麼微小的一點，我生活過得那麼累，是因為我把自己放得太大了。

我萬萬沒想到，可從死亡邊緣反彈過來，而且是透過出版一本對我而言，在語言上非常負有挑戰性的中文詩集！我由衷地感激！在陳老師的引導下，我是以一個單純，好玩、富有新鮮感的心態開始寫詩的。我越寫越投入，慢慢的把一層一層被壓得緊緊的情感撥開。尤其在寫媽媽的故事時，我淚流滿面！情感被觸動，文字自然來。

致癌友們和看護者：當你感到最孤單低落時、當你認為你沒被瞭解或同理時、當你的身體遭受到極大的痛時、當你身心疲倦再也走不下去時，請記得，我能感同身受你們的經歷，因為我有一步一腳印地走過這個患癌和長期看護媽媽的路程。請親近大自然並融入其中，請抽空與自己靜靜的在一起，並請如實大膽地表達你的感受。請加油，不要放棄，讓我們一起走下去！

從心開始

陳心怡

　　這本詩集是佩慧在一次諮詢過程裡的意外插播：「陳老師給了我題目，要我以『我竟然把我自己的肚子搞大了』為題寫詩，我就開始寫，okay 囉！」

　　佩慧談得輕鬆，然而對以英語為主要使用語言的她來說，用華語表達本來就有困難，遑論寫詩。

　　不過她像是初生之犢，前面幾首寫得暢快，最後兩首難產了一陣。尤其是與母親之間纏繞的愛，不梳理還好，愈想看清，才驚覺愛恨交織的情感，扭曲得猶如當時被摘除的腫瘤——已變成一大團，還把旁邊的器官捲入加碼。

　　詩集已完成，卻才是她真正面對母親的伊始。

　　癌症第四次復發，佩慧決定順隨內在聲音，暫時不開刀。老師平行引導她，若腫瘤持續長大，仍要去醫院；同時在觀察期間，就以寫詩做為向內清理的方式。這是一個與時間賽跑的過程，至少到截稿前，仍是現在進行式。

　　新加坡地狹人稠，我們的印象大抵都是高樓大廈、車水馬龍，很少人會知道星國還有茂密的森林。隨著佩慧的步履，我們看到這個國度仍有一片原始自然、充滿生命力的風貌，像是新加坡人私密的後花園。

　　幾個月來，佩慧每天固定花時間走路，在後花園裡持續以覺知呼吸調和自己的內外在，某天回首，她猛然發現

自己的世界已跟過去的認知截然不同。一如她以戴上墨鏡為喻，形容一念之間的天壤之別。

所謂境隨心轉，即是此意。

若非這場病，佩慧早已在一家頂尖跨國酒店集團公司成為高階管理者，是星國旅遊界的菁英，她後來也才明白，因內在不夠肯定自己，即便站上那個舞臺，她仍會處於不快樂與不安的狀態裡。因此癌症，就是一個最好的退場機制。

養病的這幾年，她發現自己對於廚藝很有興趣，因而特地飛去澳洲藍帶學院學烹飪，即便 2020 年經歷復發與COVID-19 疫情的侵襲而暫停學習，她對藍帶廚師夢仍充滿期待。她告訴我，開始走進森林短短兩個月，彷彿終於從籠罩大半生的烏雲中，看見了曙光，「我相信我會活下去，因為開始看到生命各種可能性。我曾像是一個灌滿氣的氣球，滿滿的情緒快要爆了，但在老師的引導下，開始做家庭功課，氣也慢慢洩了出來。」

什麼是療癒？佩慧告訴我，醫學可以治癒外在的疾病，但療癒最關鍵的是，自己的心。

從心開始，才能真正重新開始。

國家圖書館出版品預行編目資料

我竟然把我自己的肚子搞大了／朱佩慧 著.
-- 初版. -- 臺北市：圓神出版社有限公司，2021.02
120 面；14.8×20.8 公分. --（圓神文叢；293）

ISBN 978-986-133-739-5（平裝）

868.851   109020119

Eurasian Publishing Group
圓神出版事業機構
用心與你對談．網好無限寬廣

圓神出版社
Eurasian Press

www.booklife.com.tw   reader@mail.eurasian.com.tw

圓神文叢 293

我竟然把我自己的肚子搞大了

作　　者／朱佩慧
採訪撰文／陳心怡
總 指 導／陳志成
審　　議／朱瓊英・傅美玲・施莉莉
專案負責／呂佳佳
發 行 人／簡志忠
出 版 者／圓神出版社有限公司
地　　址／臺北市南京東路四段50號6樓之1
電　　話／（02）2579-6600・2579-8800・2570-3939
傳　　真／（02）2579-0338・2577-3220・2570-3636
總 編 輯／陳秋月
主　　編／賴真真
專案企畫／賴真真
責任編輯／歐玟秀
校　　對／歐玟秀・林振宏
美術編輯／李家宜
行銷企畫／陳禹伶・鄭曉薇
印務統籌／劉鳳剛・高榮祥
監　　印／高榮祥
排　　版／陳采淇
經 銷 商／叩應股份有限公司
郵撥帳號／ 18707239
法律顧問／圓神出版事業機構法律顧問　蕭雄淋律師
印　　刷／國碩印前科技股份有限公司
2021年2月 初版

定價 320 元   ISBN 978-986-133-739-5   版權所有・翻印必究